当代诗人自选诗

我为诱饵

余幼幼——著

《星星》历届年度诗歌奖获奖者书系

梁　平　龚学敏　主编

四川文艺出版社

星星与诗歌的荣光

梁 平

　　《星星》作为新中国第一本诗刊，1957年1月1日创刊以来，时年即将进入一个花甲。在近60年的岁月里，《星星》见证了新中国新诗的发展和当代中国诗人的成长，以璀璨的光芒照耀了汉语诗歌崎岖而漫长的征程。

　　历史不会重演，但也不该忘记。就在创刊号出来之后，一首爱情诗《吻》招来非议，报纸上将这首诗定论为曾经在国统区流行的"桃花美人窝"的下流货色。过了几天，批判升级，矛头直指《星星》上刊发的流沙河的散文诗《草木篇》，火药味越来越浓。终于，随着反右运动的开展，《草木篇》受到大批判的浪潮从四川涌向了全国。在这场声势浩大的反右运动中，《星星》诗刊编辑部全军覆没，4个编辑——白航、石天河、白峡、流沙河全被划为右派，并且株连到四川文联、四川大学和成都、自贡、峨眉等地的一大批作家和诗人。1960年11月，《星星》被迫停刊。

　　1979年9月，当初蒙冤受难的《星星》诗刊和4名编辑全部改正。同年10月，《星星》复刊。臧克家先生为此专门写了《重现星光》一诗表达他的祝贺与祝福。在复刊词中，几乎所有的读者都记住了这几句话："天上有三颗星星，一颗是青春，一颗是爱情，一颗就是诗歌。"这朴素的表达里，依然深深地彰显着《星星》人在历经磨难后始终坚守的那一份诗歌的初心与情怀，那是一种永恒的温暖。

时间进入20世纪80年代，那是汉语新诗最为辉煌的时期。《星星》诗刊是这段诗歌辉煌史的推动者、缔造者和见证者。1986年12月，在成都举办为期7天的"星星诗歌节"，评选出10位"我最喜欢的中青年诗人"，北岛、顾城、舒婷等人当选。狂热的观众把会场的门窗都挤破了，许多未能挤进会场的观众，仍然站在外面的寒风中倾听。观众簇拥着，推搡着，向诗人们"围追堵截"，索取签名。有一次舒婷就被围堵得离不开会场，最后由警察开道，才得以顺利突围。毫不夸张地说，那时候优秀诗人们所受到的热捧程度丝毫不亚于今天的任何当红明星。据当年的亲历者叶延滨介绍，在那次诗歌节上叶文福最受欢迎，文工团出身的他一出场就模仿马雅可夫斯基的戏剧化动作，甩掉大衣，举起话筒，以极富煽动性的话语进行演讲和朗诵，赢得阵阵欢呼。热情的观众在后来把他堵住了，弄得他一身的眼泪、口红和鼻涕……那是一段风起云涌的诗歌岁月，《星星》也因为这段特别的历史而增添别样的荣光。

成都市布后街2号、成都市红星路二段85号，这两个地址已经默记在中国诗人的心底。直到现在，依然有无数怀揣诗歌梦想的年轻人来到《星星》诗刊编辑部，朝圣他们心中的精神殿堂。很多时候，整个编辑部的上午时光，都会被来访的读者和作者所占据。曾担任《星星》副主编的陈犀先生在弥留之际只留下一句话："告诉写诗的朋友，我再也不能给他们写信了！"另一位默默无闻的《星星》诗刊编辑曾参明，尚未年老，就被尊称为"曾婆婆"，这其中的寓意不言自明。她热忱地接待访客，慷慨地帮助作者，细致地为读者回信，详细地归纳所有来稿者的档案，以一位编辑的职业操守和良知，仿佛春风化雨，润物无声地温暖着每一个《星星》的读者和作者。

进入21世纪以后，《星星》诗刊与都江堰、杜甫草堂、武侯祠一道被提名为成都的文化标志。2002年8月，《星星》推出下半月刊，着力于推介青年诗人和网络诗歌。2007年1月，《星星》下半月刊改为诗歌理论刊，成为全国首家诗歌理论期刊。2013年，《星星》又推出了下旬刊散文诗刊。由此，《星星》诗刊集诗歌原创、诗歌理论、散文诗于一体，相互补充，相得益彰，成为全国种类最齐全、类型最丰富的诗歌舰队。2003年、2005年，《星星》诗刊蝉联第二届、第三届由中宣部、国家新闻出版总署、国家科技部颁发的国家期刊奖。陕西一位读者在给《星星》编辑部的一封信中写道："直到现在，无论你走到任何一个城市，只要一提起《星星》，你都可以找到自己的朋友。"

2007年始，《星星》诗刊开设了年度诗歌奖，这是令中国诗坛瞩目、中国诗人期待的一个奖项。2007年，获奖诗人：叶文福、卢卫平、郁颜。2008年，获奖诗人：韩作荣、林雪、茉莉。2009年，获奖诗人：路也、人邻、易翔。2010年，获奖诗人、诗评家：大解、张清华、聂权。2011年，获奖诗人、诗评家：阳飏、罗振亚、谢小青。2012年，获奖诗人、诗评家：朵渔、霍俊明、余幼幼。2013年，获奖诗人、诗评家：华万里、陈超、徐钺。2014年，获奖诗人、诗评家：王小妮、张德明、戴潍娜。2015年，获奖诗人：臧棣、程川、周庆荣。这些名字中有诗坛宿将，有诗歌评论家，也有一批年轻的80后、90后诗人，他们都无愧是中国诗坛的佼佼者。

感谢四川文艺出版社在诗集、诗歌评论集出版极其困难的环境下，策划陆续将每年获奖诗人、诗歌评论家作品，作为"《星星》历届年度诗歌奖获奖者书系"整体结集出版，这对于中国诗坛无疑是一件功德无量的举措。这套书系即将付梓，我也离开了《星星》主编的岗位，但是长相厮守15年，初心不改，离不开诗歌。我期待这套书系受到广大读者的青睐，也期待《星星》与成都文理学院共同打造的这个品牌传承薪火，让诗歌的星星之火，在祖国大地上燎原。

2016年6月14日于成都

目录

27 楼

1

一座城市仰望着我

我感激自己

目空一切

27楼有什么

有天空，房屋的顶

有窒息的玻璃

隔夜的饭菜

有不能跑的双腿

还有睡觉时

依然切不断的城市电源

27楼能干什么

观赏全城的风景

与鸟为邻

但是

很可能忽略

27楼可以自杀

2

这里与城市无关

与流动无关

它的构造属于

皮肤的一小块褶皱

它的堕落

很快被世俗淹没

它的荣耀

被一段老掉牙的爱情

细细咀嚼

直到光

流窜到世间

肉体变得互不相识

3

扯掉身上最后一块遮羞布

人类彼此之间

也是相互隔绝的

无数裸体的人

在云上走动

在别人的梦中走动

他们走到

素食主义者的餐桌上

坐下来

聊了一整晚的

肉与灵

4

快来拯救

你飞出去的

羞耻心

它蒸发了

它好像去了超市
买回了一些
啤酒和自尊

它好像不再是你的了
而是流落成
有尊严的放荡人

5

我知道
有人会钻进
我的毛发之中
朗诵圣经
具体时间
恐怕只有上帝知道

我离天堂很近

离耶和华的耳朵很近

也许他就在27楼

一丝不挂地

繁衍众生

爸 爸

爸爸
宣判我死亡吧
这样
我空出来的身体
你正好可以住进去
不需要墓穴

不再有孤独症患者
来娶走我
没有另一个女人
恨我

爸爸
你可以把我制作成
床
做我的统治者
妈妈也不认识我
我被压在身下

不认识你们

爸爸
梦快醒了
我要睡觉了
二十一岁就要死了

暴　雨

树叶退烧了
蚂蚁在地上排队行进
动物有动物的文明

该有这么一场雨
大得足以让
管道和线路都萎缩
水和电回到
茹毛饮血的时代
房间突然安静下来

没有工具的人
才更接近真实状态

该有这么一场雨
像反对
与它对立的人间一样
把文明的毒气

统统都还给我们

不 死

你要了解我
就必须吃掉我

我割肉给你吃
挖心给你吃
挤奶给你吃
你要像对母亲那样对我
对妻子那样对我
对女儿那样对我

你要像找到了信仰
找到了一个
永远饿不死的工具

不着急

人总是要胖的
乳房总是要下垂的
肚子总是要隆起来的
所以我不着急

不着急得到岁月的惩罚
不着急坐到
精神科医生的对面
给他讲述黄体酮如何催促
梅雨成为六月的例假

我不会错过与你相遇
也不曾错过任何一个生理期
即便你坐到我的对面
穿着白大褂
告诉我
爱情是用来治疗的

忏悔书

我写了那么多爱情

却从来没有

相信过

爱情到了最后

都让我变成

老死不相往来

很多男女

仅仅是交换了

生殖器官

便杳无音信

阳关道、独木桥

井水、河水

都不必承前启后

我爱上敌人

爱上无知

爱上杀人凶手

在田野里插了一支钢笔

用语言和庄稼

做了一次天大的爱

有时候我很累

喘着气，也会哭

我尝试从孤独中挖掘

出人性

扯下的却是野兽的腿毛

报　复

长时间看书
我的眼睛很痛
我想把书塞到眼睛里
我的眼睛真不争气

我每天背一百个单词
复习四百个单词
阅读喜欢的书
我的眼睛真是不争气
我叫它干活
它就流泪
向我吐口水

成都的月亮

成都的月亮

是虚构的

藏在云雾里

谁也不知道他在

暗地交易或是偷盗

见不得人

又不敢打麻将

星星也被扫回了家

成都的月亮

什么时候让人眯着眼睛

也能看到

看他被黑夜逮捕判刑

每晚都在

我的眼睛里坐牢

初 秋

初秋了

皮肤的灼伤也

接近成熟

在这座没有收获的城市

单词表从A到Z

被大脑连根拔起

像反季节植物

生长艰难

从超市买回的蔬菜水果

拥有怎样的经历

使得切开内核

就可以看到

一位农民对自己的解剖

劳动让人找回人性

我从厨房出来

四肢饱满

被柴米油盐填充

重新回到书本
一门语言急切将我缝合

窗

月亮从窗户伸进了手
我握着她的手问：
"你怎么不走门呢？"
她轻柔地说：
"门太黑了，窗户才明亮"
我说：
"你的身后就是一道门"
月亮说：
"走门的人太多，翻窗户的人很少"

窗户很美很安静
但我不敢邀请她进屋

床

我的身体里

游走着

各式各样的床

有时候

木头躺在上面

草躺在上面

玻璃躺在上面

我爱上平躺的方式

由此

作为女人的构造

应该符合

一些故事的线条

时而弯曲

时而笔直

时而断裂

像用笔

无心勾勒的那样

写下来

绝美的时刻

便开始

动摇

每张床

都暗自为王

女人

为它

第一次展露

羞耻之心

凭直觉

为它

生育后代

我时常

想象一个场景：

我躺在

一张空旷的床上

乳白色的床单

慢慢变成

红色

越来越深

直到最后

我哪儿也去不了

大　理

大理的水

自己把自己喝饱了

走不动

就躺在女人的脚边

抽水烟

吐一口烟

就溶解一只绣花鞋

女人也不能走了

留在水边

给自己洗脚

以免失足的时候

踩不到

最干净的云

范河后街

你说开瓶红酒吧

我说好啊

但是没有开瓶器

你说那我们还是喝五粮液吧

我说随便啊

你开酒的动作被旁边的女人捕捉到

她狠狠地盯着我

看得出她有多么嫉妒我

可是她不会喝酒

干杯，干杯

那个女人端起一碗白饭

干杯，干杯

那个女人拽了拽下垂的胸

干杯，干杯

那个女人快要哭了

她丢下碗跑去厨房

干杯，干杯

祝我的老婆

祝我的老妈

生日快乐

给张老太祝寿

张老太到现在都不知道

我十五岁的时候

就抖露了她的私房事儿

乳房塑造成无知的样子

还有一种：

"看什么看，没见过裸体啊"

的见怪不怪的傲气

如今快七十了

我从她的身体上

复制着自己的将来

我比她年轻、活跃

乳房却老气横秋，羞于见人

我肯定活不太长，时不时总要抑郁

肯定没有她的生育能力强

因为我的后代都要被杀，只能留一个

也肯定没有她放的屁香醇

因为我吃的都很精细，相比之下
屁就太臭了

老太太的身体早已没有了弹性
睡觉时就像蔫气的充气娃娃
可是鸡一打鸣
她又胀鼓鼓地冲向
比太阳还要早起的地方

归　途

坐在大巴车上
我渴望具体的事物浮现
比如他的手
是锯
切割我身体
的细节
然后送入万家灯火

目的地很远
一个小时以后
我期盼所有感官
携带着尘世的迷惘
回到我的乳房
余下的时间
便能触碰它的哀伤

幻　觉

睡觉就是在模仿死亡

她又把梦睡了一遍，这一遍

她观察手的结构

从一扇空洞的门推开另一扇门

此刻已经无法辨别

那是为战争准备的手，还是

为性别保留的手

手指的配合

或向上，或拒绝

有时候会自己发声

它大胆预言

未来

必将有个婴儿

来毁掉她的腹部

必将有只

黑色的盒子

来装下她

静止的全部过程

回　答

上帝不会回答我

关于他是否是

处男的问题

我有爱人就够了

在嘈杂的工地有

在人来人往的车站有

在不清醒的街道有

在稻穗翻滚的田间有

在刺鼻的医院有

在与世隔绝的监狱有

在接近地狱的殡仪馆有

在野兽群聚的动物园有

在冷眼旁观的政府大楼有

我的爱人

和切割机、乞丐

小偷、植物、手术刀

铁链、尸体、畜生

没有区别

即使坐在他的旁边

我还是会想念他

他闪着光芒

长出了一对天使的翅膀

像极了

上帝的生殖器

回乡的火车

我以为一个人坐火车

就是自杀

被铁皮活埋过

就会成为一个忧郁的人

西安——绵阳

朋友们陆续解除了

对彼此的环绕

我登上回乡的火车

抬头

如同一座

孤独的

坟墓拱起的弧形

会不会疼

告诉我

花被洗去了颜色

会不会疼

月亮被云擦坏了眼睛

会不会疼

爱情被传染了语言

会不会疼

等我骨质疏松的时候

再回首今夜的我

所有的呼喊

都是坦白

即　景

那个耕地的人看得很远

看到自己的

下半身被泥土埋了

手和枯萎的藤蔓击掌

于某条边界线

用土地分裂的个性

对生命进行挖苦

身体和过去有一种结合

野蛮的行为

只剩下几块肌肉

与劳动和解

冬季解放了庄稼的疲劳

植物要进行手术

人要停下来望望远方

秸 秆

秸秆身上的火

被扫到了天上

云层中有一个相同的人间

在燃烧

比骨灰轻一点

我看到那些灰尘

拼凑成爷爷的模样

给我一种

摸到天堂的触觉

一定是爷爷点着了自己

大火年年不灭

他的老朋友都要去陪他

救 我

我时常对着镜子

看自己

我的眼珠圆得就像

两粒安眠药

只是

比死亡

更惴惴不安

我的情绪不好

所以要

把痛苦都写下来

我承受不了

的东西

害不死我

就请它

害死

除我以外的人

局 限

我太局限

局限于生活对我的掠夺

我佩服那些

咬断舌根不再挣扎的人

仅局限于

一种状态的人

给我灵感

活成骨灰有何不可

找来龙椅谈判

帝王的位置

可以揣测出一次覆灭

或是

几个酒后寻花问柳的人

历史不过尔尔

如果

有一天我长出了尾巴

人类会为此欢呼

可　憎

我的可憎

能够把任意

一面镜子击碎

之后

反射出的人

支离破碎

更符合真实

看不见美好是

有理由的

这是把美好

全部都保护起来

藏在围墙之内

皮肉之中

人群之间的距离

是用来

怀疑人生的

贪玩的女孩不喜欢

自己

来　临

妹妹

你让我摸摸

你的尖下巴和下陷的乳沟

我就知道

春天来临了

去摸摸草地

摸摸树丫，摸摸天空

摸摸墙壁的温度

摸摸骨头

摸摸镜子中的人

都不一样了

随处可以用手感知

的变化

让我想起你初潮的时候

那条晾着的小内裤

被风摸得洁白

聊一个沉重的话题

雨下足了

为屋檐积攒了一些口粮

门是瘦的

吃饱的人进不去

挨着秋天挤一挤

只可伸出头来打探

这个世界真让人失望

我把它骂哭了

龙潭寺

只见龙潭

不见寺

沿着钢筋攀到

工地上方的浮云里

有的人已经开始坠落

路过的女人

的体味是酸的

发酵的胸脯拥挤得

插不进一只手

一只粗糙、肮脏

摸不到佛珠的手

想着什么

却又干着别的什么

只见光阴

不见佛

一刀又一刀

空气变成

一片又一片

必要的时候需

屏住呼吸

有个性地杀人或者

被杀

今天天气很好

我给影子挖了个坑说：

"你先把自己活埋了吧

等太阳下山了再出来

别忘了

我很爱你"

我居住在这儿

时常听见风在念叨：

"阿弥陀佛

善哉善哉"

此后

我不得不装作什么也没看见

在东三环的废墟里

孤独地疾走

躲过那些念经的人

卖身契

有时候觉得
我像一个东北女人
把自己拐卖到南方，终极目标是
攒点钱回老家开个小店

我坐在教室，守着满黑板的公式和账户
一个符号也卖不出去
我摸摸后脑勺，十多年前的伤疤
还在接受手术刀的批评：
"这个姑娘尽想些与生命无关的事"

像我这么娇小的姑娘，就应该轻拿轻放
叫我余会计，是一种很好的证明
尽管我不做账，但会烧菜
番茄炒蛋，玉米红烧肉
青椒酱肉丝，凉拌笋子
心情好，没准儿
烙个大饼呢

美好的一天

我把被套拆了只盖棉絮

身上长满了棉花

一朵一朵的

被阳光晒得蓬松而美好

我脑子里好像也塞了棉花

不透气，憋坏了

天亮的时候

我就要去吻我的脖子

脑袋和脖子分开的时候

需要问声好

秘 密

医院是白的
医院是黑的
在我看望病人的时候
它是白的
我朋友的脸
和它一样苍白且带着暴雨

医院里竟然有狗
狗来叼走了她的卵巢
叼走了她的囊肿
叼走了她还未成形
的胎儿
狗用舌头舔了舔她的疼痛
狗成了黑的狗
中毒的狗
悲悯而创伤的狗

医院的白和黑

是横亘在手术刀之间的

两个世界

他们相互对立

抖露出彼此的秘密

听故事

南瓜秧在他们的舌头

上爬的年份

我还没有出生

他们等南瓜长到可以

操的程度

脸上的青春痘

掉进土里发了芽

长成

未来的自己

他们在妓女的背上拖地

打扫了别人的卫生

擦小腹的帕子

拧出了汗和果汁

他们也可以生

漂亮的小孩

和他们一样充满兽性

且会讲好故事

他们的故事
最后都有点遗憾
因为老了
讲的时候必须
吃一片肥腻的回锅肉

排　练

我时常在深夜

被自己的逻辑打败

熄灯

自己扒去衣服

紧贴肌肤的

那层细软

的纯棉纤维

就是我的逻辑

很多时候

不是我需要保护

而是真理

比脱光的少女

更显得羞涩

一个人在房间

用男人的眼睛抚摸自己

一点用都没有

爱情来去自如

排练多遍

我依旧狠不下心

偏执狂

美好的事物很仓促
纵使指头是十列火车
也拉不回
上一刻掉在地上的头皮屑

丢一个苹果到大海
就变成一座孤岛

我偏执
所以用阳台修复失眠
用香烟修复肺癌
用玻璃杯修复水
用垃圾桶修复思想
用生存修复荒诞
用电修复火
用牙齿修复吻痕
用鞋底修复脚印
用刀片修复大腿动脉

用梦修复床单

用黑暗修复眼睛

我偏执

所以用仅有的肮脏

去为生命澄清

我只需要一个拥抱

禽兽录

把你的心

挖一块给我尝尝

我想吃出水果的味道

把你的眼睛抠一只

给我照照

要像节能灯那么省电

把你的鼻子削下来

我带它去下水道觅食

把你的手砍给我

去拍死怀孕的母蚊子

可恶的脊椎

为什么要是笔直的

如果它弯一点

或者给一头狮子下跪

像跳蚤那么有弹性

把腿锯下来

当拐棍

要不然去搅拌石膏

我要塑造成一匹烈马

和驴交配

生下骡子

骡子绝不会为生育而烦恼

我为什么不可以

想吃草就吃草

想吃肉就吃肉呢

一匹马践踏了自尊

绝尘而去

为什么不可以被吃掉

在别的肠胃里

一样飞奔自如

被驾驭

被使唤

被奴役

马也可以骑在马背上

不分性别

用性别去换一条皮鞭

抽打马背

也抽打自己的脸

不能抱得太紧

且立即将我推开

清　明

你用指尖开着的水仙

去迎接早晨

香味已经让你中毒

就算情绪跌倒了

也要保持理智

有人在土里等着你

那些喝药的

上吊的，割腕的

跳楼的，被谋杀的

车祸的

都等着你

去帮他们把外面的世界调成静音

请 求

请允许我
不爱这个世界，不爱爱情
允许我，彻夜不眠
为你勾画
离开我的地图

我请求错过几节车厢
铁皮擦坏了火柴
和自身的纯洁
我请求一次
一次就好，坐在你身边
你不知道我是谁

人 间

我来到人间
从前好像也来过
她在腹腔里安了环
所以我回不去

我听她讲起那枚金属玩意儿
比男人多出的财富
这些年要节省多少买套的钱

她有点沾沾自喜
然后用余光扫了我一眼
我正望着那盆
塑料盆栽
想它会不会开花

如此而已

我如此年轻

是出于对时间的嫉妒

我不肯老去

只因疲倦的身体

不肯取出骨头

来打造一口棺材

你希望我长大的时候

我就背叛你

春风不得意

夏天来了也不会喜欢

我的愁容

正在说一个上帝的句式

上帝的玩具

峡谷之中
上帝的玩具有很多
模仿人类的双手和头脑
在地表注入了思想

于是山在跑，水在跑
钢铁在跑，果树在跑
男人和女人
在生育的路上奔跑
阳光获得了自由
在毛孔里跑
它使人忘记空虚
返回孩童的眼中
把一切都变小

河流是小的
矿石是小的
建筑是小的

它们缩小了现在与挫折

回到荒芜的历史中

等待一双稚嫩的手捡起

上帝的玩具有很多

这些奔跑在时间中的小玩意儿

骨骼健全

更喜爱人间

未发育

她用手

搂了搂胸部

其实很多事物

都还未发育

比如雨

还没发育成河流

就落入了

她黯淡的眼神之中

春天还没发育成

少女的模样

就被人取走了乳房

放在盆地周边

给出走的人制造

意乱情迷

火车还没发育成

远方

就被阻挡在

盆地内

盆地是春天的子宫

子宫中的她

未发育

我觉得他该那么干

早晨起来，我觉得他该那么干

那时我正在思考，把牛奶倒进麦片

还是把麦片倒进牛奶

如果说这两者有区别，那么

我是把悲观放在肉体上，还是把肉体

放到悲观上

天空下雨了，是雨掉进这个国家

还是国家正好处在雨中

我扭动了一下朦胧的身子

如一颗晶莹的水珠滴落，从而忽略

我是一只长了脚的动物

我跑不到北方，也跑不过边境

哪怕是去看个热闹，瞧一瞧别人的胜利

哪怕只是尖叫，打个诗歌草稿

关于普京这孩子哭了

我为诱饵

雨在窗外
不知道它们在说什么
可能具备了思想
可能在讨论
有些人顶着自己的头
在雨中寻找
另一颗让人满意的头

下雨的时候
最好还是把头取下来
随便放在哪儿都行
拒绝任何声音
但不要拒绝雨声
当一回诱饵
让雨去创作

我在火车上追你

我在火车上追你

你去追美女的衣带和

剪开它的剪刀

我在火车上追你

你去追美女母亲的恩准

我在火车上追你

你去追一个孩子

并带着你的姓氏降临

我在火车上追你

追着你完整的躯壳和生活

我一直在火车上追你

追着去了远方

我决定下车

可火车仍旧追你

心

我的心开始长肉了

从墙的缝隙里

生长出来

让墙也一起跟着颤抖

犹豫不决

我的心躺在席子上

叫卖自己

请为它留步

请再一次蹂躏它

请在它新长的肉上

烙下最深的耻辱

它回到我的身体时

请遗弃它

锈挂在锁上

锈挂在锁上

锁挂在门上

门挂在鼻子上

鼻子挂在脸上

脸挂在屁股上

屁股挂在脑袋上

脑袋挂在枪口上

枪说：我不杀你

你把锁打开

取出美女与黄金

樱 桃

那个男孩终于被修好了
同我说话的感觉
像一个新玩具

多好啊，多好啊
我有一个玩具
可以保护成熟的樱桃
他说要把红的给我留到最后

我想拧一拧发条
那么他就可以跳一支舞了
还能和樱桃一起爬树

游　荡

傍晚我游荡

在城市的缝隙里

陌生的地域

让我有不属于自己

的思索

想起一个人说的话：

"要在九百六十万平方公里中

划出几平方公尺的清净土地给自己

于是就独立了"

可惜我还不敢

把人生留在大街上

但我时刻都想

做一个擦拭干净的人

能配得上

初秋的宁静

灵魂在人海中

破碎

重新生长

新的城市

有一张新的地图

新的脸孔和

揣测

红色信号灯

把我阻隔在街的一端

双手拧着空白

正是对时间的松手

绿灯亮了

让疲惫的身子先走吧

不久以后

它会出现在道路

的另一头

有病的爸爸

我和病人坐在一起
红酒淹死了舌头
我们都不说话

除了他对我的爱
他哪里都坏了

头发也不乌黑
眼睛也不明亮
身材萎缩了
脾气古怪到简直
不可理喻

有时候我宁愿他
浸泡在岁月里
变成标本

可把他的心脏

交给医疗器械的时候

我后悔了

还是希望他

一直做我的爸爸

坏了

修一修就是了

贞洁手记

进入浴室

两三平米的空间

隔着墙，隔着水

隔着一张白纸的薄

隔着宽，隔着窄

缝隙里的女孩拧成一根线条

她们离某个地域

只有一步之遥

隔着一具匿名的躯体

隔着虚无，隔着时间

去取消上帝对女人的创造

隔着消失的皮囊

在热气里告别

冲走的旧容

我穿好衣服

隔着自己，隔着别人

看到一个模糊

的世界

自 由

半斤白酒

我的身体自由了

这自由

东倒西歪，失去了平衡

我被它撂倒在床上

起先我吞下了一个酒瓶

我想到飞的感觉

可我被自由撂倒在床上

浪费了享乐的时机

床上只有我一个人

房间更是悄无声息

于是我又浪费了全部的自由

自言自语

我忘了

如何去掉你

皱纹里的漫不经心

所有的梦

都有一个不合格的制造者

梦啊

不够坚硬

不能往里面投放性命

我在狭小的空间

逃离本质

如植物

这一刻不知下一刻的结局

已经立夏

你对天气仍抱有偏见

云翳重重

是天空生病了吗

哦，对不起

我没有药

也没有同情

菜市场

周末的农贸市场

被新年的喜庆分解成

羊杂碎、牛下水

和猪大肠

只有一只刚被宰杀的狗

保留了全尸

尾巴直指大地

干瘪的乳房在寒风中招摇

牙齿暴露

还有一副活在世上的狰狞

倒　错

磁铁吸走了时间
我睁不开眼睛
因为
你没有了

你没有了
我睁不开眼睛
时间又回来了

在倒错的程序里
我们先完成了怀念
再完成告别

冬至日

生日这天

我在想象的蛋糕上切了

东三环一角

把城市的灯光

当成蜡烛的火焰

因为吹不灭

所有的愿望注定

难以成真

动物园

对男人来说
一座城市可以没有
酒吧、妓院和桑拿房
但一定要有动物园

一直以来
男人小于女人
小于她们的心理年龄
小于生育
当男人大于女人的时候
是他们在保护自卑感
我不能成为所有的女人
但我可以成为所有女人善意的温情
住进动物园——
一个采集自尊心的笼子

从自己的体内剥离出
狮子的心脏，它是权利

熊的心脏，它是凶猛

狐狸的心脏，它是圆滑

秃鹫的心脏，它是野心

老虎的心脏，它是霸权

蛇的心脏，它是冷血

在七寸的地方

必定有女子的手指

在温柔地拨弄

她们采集了自己的性命

在动物园

观赏性就是牺牲性

男人的无知、笑意和顽皮

以及被女人带进笼子

的性格和本能

都正在复制给笼子以外的人

只有当你是孩子的时候

才会感觉动物的天真

那可能是人类最后的表情

也可能是一丝歉意

分享破碎

我想到一种生活

贫穷到

要把单人床分你一半

戒指分你一个

把余生的美好拿出来

从中间劈开

每天早起

把食物切成两块

连吵架的台词

都不能独自占有

且音量要双方持平

因为我怕独自完整

也怕分享破碎

隔　壁

墙壁的隔音效果很差

声音总是漫过来

一对情侣住在我的隔壁

和我一样年轻

到了晚上，他们的

谈话就会来撬开我的天灵盖：

"你该把胡子种到月亮上"

"我爱你亲爱的"

"你该把脚气塞进袜子里"

"快吻我亲爱的"

"我想把你扔出窗外"

"我想进入亲爱的"

在孤寂而又漫长的冬夜

加上失眠

我的境况比一名听众

略显悲哀

还好你什么也没有留下

失恋是不是都要

寻找一个痛哭的理由

我哭不出来

就坐在马桶上冥想

想到什么就是什么

直到血液里的铁

因禁锢了一月而生锈

一滴滴掉进马桶

有一种不可命名的喜悦

变成暗红色

终于安全地逃过悲伤

不哭的理由有很多

而我选择了

最没有人性的一个

还有明天

活着卑鄙吗

我们卑鄙地活着

死更卑鄙吧

我们就是不去死

生不如死足够卑鄙吧

我们把死当成活

我喝着白开水

为爱情服下春药

我扎着蝴蝶结

为少年剃头

我穿着雨靴

为小得可怜的阳台打伞

上面挂着

刚刚洗好的衣服

我已经为明天

选了一条

淡蓝色的内裤

黄　昏

我在地铁上观赏黄昏

那一颗颗缩进衣领的脑袋

正是落山的太阳

只是他们个个都显得黯淡

行走的人在途中自缢

把疲惫当成自娱

脸上挂着观赏黄昏的阳台

借一颗头

借一个脖子

把我的脑袋架在上面

如果仍未达到疯癫或萎靡

那就再借一颗头

架在我的脖子上

我和这颗头并无排异性

但同时宣判了

彼此的虚无

我和这颗头都进入了

现实的圈套

多面猥琐

一面佛心

拥有这颗头的人

我想借你脖子上的

我的那颗头

我想借你的舌头

把假话卷起来

塞进我的头

那里同时塞进过粮食

和男人的嘴唇

但那里绝不存在生命

也没有过爱情

仅有的

还好，我有一扇落地窗

这是我仅有的

透明的

可以看见污浊的东西

仅有的

也是别人偷窥我的东西

仅有的四块玻璃和

铝合金

仅有的

却是我租来的

来 日

把最美好的年华

挂在树上晾干

有人会像摘风筝那样

把它摘下来

有人会找根透明的鱼线

把它系在手上

有人会用自身的体力把它

喂得饱满

有人会趁躺着的时候

把它压扁

有人会用剪刀

把它的喉结剖开

取出女人

有人会用它下酒

换一把

椒盐花生米

想醉后起身飞走

有人把脖子拴在门锁上

钥匙给了要飞走的人

每个人都不是一个人

我起了杀人之心

这会犯法吗

那个我想杀的人

该有多么可怜

她就坐在那儿

埋着头

头发挡住了眼睛

感觉不到一丝杀气

她呼吸我呼吸的空气

吃我吃的食物

看我看的书

听我听的音乐

经历我经历的徒然

她肯定也想自绝于一切

只是想到之后

房租没人交

话费没人交

毕业证没人领

父母没人照顾

我就把手

从她的脖子上拿下

放到了窗外

目妄见

我是个

消极的乐观者

乐观的悲观者

悲观的自由者

自由的自闭者

自闭的幽默者

幽默的抑郁者

抑郁的理想者

理想的堕落者

堕落的抵抗者

抵抗的沦丧者

沦丧的革命者

革命的荒废者

荒废的坚持者

坚持的失败者

失败的中庸者

中庸的极端者

极端的怀柔者

怀柔的镇压者

镇压的前进者

前进的退缩者

每种身份都足以证明

我不会是一个

快乐的人

耳妄闻

野马是用来听的
尘埃也是用来听的

嘴和眼都是用来听的
有时你会听见
内心的恨
比起爱
远远不够残忍

在世俗的范畴内
野马和尘埃都是听不见的

你 我

天空醒了
云睡了

枪醒了
爱情睡了

我只是有点儿
灵魂紧张
皮肉松弛

现在不是大拇指
擦去了下眼线
就可以抽身

不是五个指头
拨动皱纹
就可以为死去的你
松松土

其实我爱暴力

胜过于爱你

如果我们都在秋天刷牙

杯子里并非

之前相爱的两把牙刷

现在只剩一支

在秋天的窗台上独白

它竖起优雅的刷毛

稳重的刷柄

还有略带调侃的形状

它唱了一首发抖的情歌

把叶子唱黄

回忆唱成蛀牙

落地的树叶

听到歌声

又哭着长了回去

剩 下

我被剩在了这座城市
她们都回去了

我被剩下
户口本没有剩下
它依然打印着米粒大小的字体
那是她们要去的地方

我被剩下
我是多余的

头发多余所以剪掉
眼睛多余所以失眠
爱情多余所以
床空着

我被剩下
脸露在外面

潮湿的阴道躲了起来

我羞于承认

而先遗弃自己

脸剩下了

躲也躲不过

老了的样子

无人抚摸的皮肤

和我

一同被剩下

还有剩下的唇

它吻了一列即将开走的火车

火车开走以后

语言都剩在了喉咙里

十二月的最后

河水流不到冬天来

在入冬以前就拐弯去了

一个人出生的地方

那里的

梅花开到崩溃

掉进羊水中改变了形状

雪落了下来

把深陷在土里的脚印填满

把母亲空了的肚子

填满

我出来就不打算回去

我走了多少路

才从腹中走到人间

从小城市走到大城市

我决定不回去

与我决定出来的意义相同

但人长大了
就要学会反驳自己
从哪里来
就要回到哪里去
我从母亲的子宫走出来
那儿也是
我的坟

蔬菜沙拉

我与你的距离

就是我与厨房的距离

手指间的距离是

汤勺的距离

婚姻的距离在

锅中沸腾

土豆还没有熟

培根芝士也没有出炉

在这个空闲时间

赶走腹部上的噪音

我要用它来称出你的重量

不，具体说是

蔬菜沙拉和红酒的重量

我腾空肚子

只是为了

安抚爱情这只可怜虫

我告慰自己

它顶多死在

腹部到厨房这段距离

私人生活

每天清晨推开窗

整座城市都在抄袭

我头发的布局

道路散落在双肩

我必须背负拥挤、尘埃和尾气

去梳理交错、打结的发丝

疲惫极有可能被高楼挡住

极有可能在路途中

变成固体、液体或者气体

我站着，幸运的时候

坐着

打一个盹儿

99路公交把我送到动物园

和飞禽走兽比较出不同

老虎克制着欲望，它想象不到

人肉的美味

去宽窄巷子喝杯茶坐58路

经过通惠门

卖早餐的大娘掸不去

睫毛上的日出

坐28路抵达华西医院

无名的手术刀

曾在住院部9楼还给我

一颗崭新的头

81路载我到春熙路

羞于囊中无物

只得给嘴唇打一块简约的补丁

坐6路到建设路西西弗书店买一本书

72路可以到凯德广场看部电影

乘8路车去武侯祠

蜀国的历史可能被一座坟

吃得精光

我无心再逛锦里

翻开书卷

脚印就飘到了页眉上

那时我正好要坐8路的反方向

转14路到三环以外

城市的头发

画出一根寂静的线条

37路时常被困在红星广场北

的十字路口

像一头巨兽在等待

规则的变异

薄雾消散，转340路

到达金房苑西路

这是我实习的地方

跨上去往

某会计事务所的楼梯

我没有工资

诗人已死在了途中

天大寒

一觉醒来

酸菜鱼馊了

感冒产生了抗体

有人在东大街的门牌

上钻孔

换了一个崭新的

日子就是这样

被换来换去

我把鱼汤倒了

换了件衣服出门

到医院

把药品清单

退给上帝

无神论者

无神论者眼中的上帝

一定做了绝育手术

在没有性生活的天上

美好的理想

都赋予了人类

一个人活了23年

都没有做过一次春梦

无神论者的悖论

应该在23岁这一年解决

她的眼中并非空无

只是神不造访

空无是为神预留的虚位

空无也是

某种避孕措施

只要神一天不造访

无神论者的神

就只是她自己

116

也许性别

会从被窝里划清界限

无神论者最终会被证实

自圆其说的人

在狡辩和欢愉之中

只能选择一块裹尸布遮羞

细　绳

她被大山咬了一口

就从山里跑出来

她说大山吃人的时候

嘴角干裂出血

衣服被咬破了一个洞

从洞中她看到自己的未来

手上还有搏斗留下的茧

她反咬了一口苞谷饼

胜利仅限于

一顿温饱

她的野心是把大山的植被

咬得只剩下种子

只剩下她的命

她把牙齿从土里拔起

从山里跑出来之前

求了观世音菩萨

她的未来是嫁给山外的男人

未来是一根细绳

拴在裤腰上

裤子里有男人想要的

必须拴得很紧

她到镇子解开过细绳

到城市也解开过

解开的方式更像一种

死亡方式

大山的死亡

就是把细绳从腰间

挪到脖子上

一根细绳

养人，杀人，迷恋人

人的快感便是

做爱的快感和死后的快感

合二为一

是大山创造了细绳

死亡和逃离

这一年
山里的苞谷熟了
运进城市
把她狠狠咬伤

一个怀疑主义者被怀疑

一个陶瓷杯的晚年

是空置的

杯底的颜色和沉淀物证明

陶瓷杯的所有者

不喜欢平淡无味的生活

她收集体内分泌的苦

冲开水喝掉

一个空置的陶瓷杯

曾是怀疑命运的一只眼睛

杯口朝上或朝下

的区别在于

是装满一间房子大小的孤独

还是一个杯子容量的孤独

一个怀疑主义者的陶瓷杯

在孤独中烧制成形

又在孤独中变成瞎子

陶瓷杯

闭上眼睛

完成对自我的怀疑

指　望

盒子里没有香烟

电视没有声音

鞋子里没有脚

沙发比我还累

伸得比墙角线还要直

还能指望什么呢

把一些人的名字忘在了地铁上

讨厌鬼们

应该坐坐冷板凳

比周末坐在办公室

里的凳子还割肉

可是那些名字在一份

很重要的文件上

还能指望些什么呢

午餐夹了一片生菜叶

别想着有什么荷包蛋了

赶紧喝口面汤

匆匆到老乞丐的跟前丢一块零钱

云层破了洞
补袜子的线也不知道去了哪儿

盒子里没有肥皂
电视没有图像
鞋子里没有爱情

还能指望什么呢

白日梦

你喝了清晨阳光中溢出的奶水

摸了月亮的乳房

娶了拖拉机驶过的那条小路

为何还不

盛满美酒来看我

我多想嫁给一张喝奶的嘴

一双摸乳的手

一条被男人压弯的路

我想喝酒喝到不省人事

孤注一掷

用灵魂

交换一场婚姻

荡

去了很多家药店
都没有我要的那种
安眠药
红色的片剂
在玻璃瓶里荡啊荡
我空手而归
在街上荡啊荡

那一刻
我变成一个空药瓶
和夜晚碰撞得叮当响
荡着荡着
灵魂就从身体里荡了出去

哎

睡不着的时候

就把眼睛摘下来

关进小盒子里

天这么黑这么黑

连鼻孔和耳朵里面

都需要电灯

寡　欢

1

我在岷江边上目睹

傍晚的太阳自杀了两次

第一次跳到江面

摔成闪闪发亮的碎片

第二次沉到江底

再也没有起来

我就这样望着数着

一点儿也不觉得

我就是它的第三次死亡

2

每个人都在上游

追溯自己的亲生母亲

母亲们除了受孕

不会讲话

除了在水中

诞下活在世上的心酸

不会告诉你

了断的方式

3

兜里藏着一朵

略带神经质的浪花

这是我仅有的声音

但我又不得不

割下芦苇的舌头

拒绝道破

水中的疯癫

岸上的寡欢

剪指甲

剪指甲剪成月牙

抛向空中

是云里的梗

用语言形容

是喉咙中的刺

再多的指甲都不够剪

再多的指甲刀都会剪坏

我剪指甲是因为

我想你

我想你的时候剪指甲

一点都不觉得累

今晚的月亮

今晚的月亮难受得发白
她一定是口渴了
觊觎我眼中转弯的河

今晚的月亮薄如纸片
随时都会被撕破
看到背面其实什么也没有
多么失落啊
哪怕有一粒星子
也可让我
推开一扇窗

就这样吧

你终于走远了
远得不知从何说起
远得恨意全无

我终于松了一口气
一点点拾起
你掉在路上的影子
一个人走回家

李白的洛丽塔

雨打湿了江油

天太黑

但遇见了太白

少女如果失了身

定是路太滑

踩在仙人的胡楂上行走

从雕像的正面

绕到背面

酒太浓

便做酒的叛徒

诗太邪

便做诗的奸细

诗人太聪明

便做诗人的敌人

我如临大敌

不敢吭声

全身被幻想洗劫一空

马蒂尔德

我希望我是马蒂尔德

杀手带着我去杀人

我又希望我是

杀手

可以杀死马蒂尔德

因为我爱她

没有人跟我说对不起

没有人的眼睛是从枝丫上摘下来的

没有人的耳朵比叶子更听风的话

没有人比树干更忠于站立

让弱者躺下吮食果实

流浪汉从此有了避身之所

没有人从树旁经过与我握手言和

并擦拭身上的一块污点

这是时间机上掉下的一滴机油

被弄脏的人才有资格

在人间行走把阻力减到最小

没有人知道我的清白与寸步难行

没有人承认自己的野心

在一个漂浮的日子

强吻了身旁的小生命

没有人与我在春天谈及

那些失去自由的小猫小狗

连小虫子也哑巴了

只敢在草丛中悄悄掘出墓穴

睡进去的冬天和爬出来

的春天面目相同

呼救的表情被浓雾掩盖

被风沙填平

没有人摘下真实的眼睛

也没有人竖起公正的耳朵

有的只是腐朽

有的只是伪善

没有人从阴谋中清醒

证明我是唯一的受害者

没有人解释这一切都是为什么

甚至没有人

跟我说一句对不起

女儿落地

三月，我还不曾怀孕

我的女儿就爬上翠绿的乳头

咂了一口奶

我女儿她娘还没学会

用河水冲洗阴唇

我的女儿就杵在天上

发育为弯弯的月儿

要是她觉得天上不好玩

就带她去捉一个爹

她爹啊

准在山坳里吹胡子瞪眼

看山坡日渐长成

女人的小腹

心里发慌

她若想刻碑

就绕着小路到她爹背上

抓虱子挠痒痒

刻碑之心就是刻下

生活的简单

她要想嫁人

就带她去村头的枯井

把祖先们的放荡呼喊出来

找个男人

把命运的轮回交配出来

三月啊

她爹与她娘

都要解开裤腰带大干一场

一边让油菜开花

一边让女儿落地

一边挥汗如雨，一边笑出泪来

贫穷——致W、D、R等人

因为贫穷

我们把过剩的精力

都用来将天空抠一个窟窿

接住窟窿里掉下的黑暗

来使自己茫然

围着餐桌

不约而同地选择了素食

那些沾了荤腥的碗筷

与我们的生理反应格格不入

理想主义跳到了桌下

捡拾酒瓶和烟头

手和脚难以曲成轮子

跟不上速度

也拖延不了性命

除了写诗、唱歌、画画

我们一无是处

在画布上种植大麻

喉咙里引爆炸药

都不如在生活中牺牲

来得果敢而猛烈

因为贫穷

男人女人都成了做爱的工具

恋爱不过是怀孕的途径

在感觉不够绝望的时候自慰

从土里仰望

月亮这个时有时无的情人

因为贫穷

所有的房子都是别人的

我们只在籍贯一栏有家可归

灵魂挤在一起分不清好坏

不停地失败

不停地沦为诗人、歌手和画家

在精神深处无数次想死

但因为贫穷

我们没钱去死

晚　餐

米饭死在了碗里
水白菜死在了锅里
黄牛肉死在了正在去死的路上
它们都死在了我的过去

我不是一个好孩子
讨厌生命中的任何形式的进入
和脱逃
我不要吃死去的米饭
不要吃死去的白菜
也不要吃死去的老黄牛

它们来填补我的饥饿
只是为了和这个世界告别

我不喜欢我的喜欢

我喜欢坐夜车

坐车来

好似坐车回去

坐车逃亡

好似坐车服刑

坐车怀孕

产下岁月的种

又坐车失恋

变成真正的女人

坐车让人悲戚

在城市转呀转

为何我看不见你

你也看不见我

我躺下是一个女人

我躺下是一个女人

站起来

是男人的一条腿

我天生残疾

永远走在爱情的后面

我躺下是一个男人

站起来

是女人的半边乳房

里面盛满月光

和爱一个人的体力

月光很白

白得看不见吻在哪里

爱一个人很用力

用力到岁月在身体中变形

我躺下的时候很痛

站着的时候

很焦虑

香樟树下

香樟树下
一个男人在
对着树干手淫
这一幕恰好被我撞见

几天前
他身着复古夹克
大头皮鞋
戴一副墨镜
坐在这棵树下抽烟

至少那一刻
我想再次碰到他

虚与浮

我们暗恋自己

不接地气也不做浑球

当农民但不种地

挖出的土都是埋自己的坑

就算种地也只种我们的

沉默与缺失

还要种上发育不良的小情人

我们在神经末梢修筑精神病院

禁欲但谈比宇宙还大的恋爱

在狭窄的光芒中取胜

又输给骄傲的自尊

我们是纯洁的模范又在

遇见爱情的时候犯罪

在青春的床榻上萎缩得

像某人的知己

用余生的悲观来赌命运的输赢

我们不服

要把上帝赶出空洞的躯体

我们狼狈

在失败的恐惧中进进出出

把性别与性还给造物主

把思想注入五十二度的液体

我们输给了现实

但却赢得了失败的掌声

我们的背脊在贫穷中冷了半截

半身不遂而更加自由

我们爱不爱我们的事物

做岁月逞强的选择

在一起抱怨一无所有

哭泣的声音要超过对方

我们热爱城市的浮夸

与物质做绝世的配偶

我们嘲笑自己

渴望精神的极端

又跌入世俗的迷狂

我们看轻衰老

假装和二十岁的自己蹦迪

我们放弃未来

漠视人间烟火

也忽略生存的诡辩

我们死而无憾

却死不足惜

蟑 螂

如果蟑螂有脾气

它会容忍和一个女人

住在十几平方米的小房子里

整天听她自言自语吗

它会埋怨女人的生活过于粗糙

贫瘠得制造不出一点垃圾吗

它会嘲笑女人的孤单

总试图拿窗帘来遮挡吗

它会伸长触须感叹

女人的恍惚从未

得到过一丝安慰吗

它会藐视女人的软弱

连杀死自己的能力都没有吗

它会换位思考吗

比如有一天

把女人杀死在房间里

自 如

有的人

只适合隔空相望

不必去遗忘

也不必去挽留

让岁月自然流淌

让心痛

来去自如

边　界

我们身体的边境线

有埋伏，有雷区

有暗壕，有陷阱，有防守

还有置对方于死地

的野心

由于拥抱的受力面狭小

阳光被挤压成俘虏后

依然保持着爱情

最初的警告：

即便越过边界

也无法成为彼国之人

大年初一

过去的一年

亲戚们的企业和单位

都不太景气

生产缩水

买卖缩水

收入缩水

分红缩水

过年的年货缩水

鞭炮礼花缩水

麻将输赢缩水

压岁钱缩水

大年初一

外婆说

上坟钱只能多不能少

那边的生活

跟我们不一样

骨　头

人体有206块骨头

是不是每一块都有名字

可以感受到它的存在

是不是每一块都潜入过

别人的梦境或身体

率领它们去闯荡

与命令它们折返的

是哪一块呢

悲伤的那一块

和高兴的那一块

相隔有多少距离呢

成为女人的那一块跟

成为母亲的那一块

是否是同一块呢

比起我们拥有相同的骨头

却不能拥抱的事实

我的疑问

还远远不够多

还　原

我有容器

但装不下南方的奶水

它与梅雨季节的河流交汇

跌进乳沟下的悬崖

悬崖下的春梦

盛了满满一缸

秘密的爱人都隐居在此

挑水，砍柴，种粮食

空闲时间

把更年期发表在岩壁上

我有容器

但装不下过去的时光

那些命令我老去的男人

在秘密中

都已返老还童

看 江

闭眼看江

水是蓝色的

从深蓝流向浅蓝

从规则流向随机

从梦里越流越白

从脚尖流向岸

闭眼看江

不分白天还是晚上

水是有区别的

重的比摇晃的先到一步

轻的比重的先到尽头

简单的比复杂的

会多停一会儿

眼睛闭起的时候

总比

不闭的时候蓝

157

美

美是有浮力的
在水上跳舞或者
在船上生病
都是那么的好看

但你站在岸上
我认识你眼底的胆怯
心疼得说不出话来
等你长大
我来和你共枕
等我老了
便和衣而睡
此时我最接近美
也最接近天真

趴在床上吃早餐

趴在床上吃早餐

大概会被理解为我和爱人

共度了一个美好的早晨

我趴在他的肚子上

完美的贴合度

此时我应该忘记饥饿才对

然而，我的胃咕咕作响

空气与空气对碰

正如我的牙齿碰到了他的牙齿

一颗行星与另一颗行星相撞

宇宙取消了上帝

上帝把我变回了肋骨

肋骨按在了床头的隔板上

独身女人的公寓

趴在床上吃早餐并不复杂

南瓜馒头、饼干、面包

蜂蜜、烧卖、蛋糕

各种各样的食物占领着

爱人的位置

顶多从左手换到右手

无聊人

四月来了哟
该为平坦的小腹松松土
翻晒里面的旧事
好事和坏事没有开花
对事和错事长出了蘑菇

天底下不会再有
像我这样无聊的人了
最近天天下小雨
身体这么潮湿
想得起的事
早就化成了水

洗衣服

总有一件衣服

反复洗了许多遍

也洗不干净

注定一辈子都

洗不干净的衣服

听起来

很让人伤心

好在

洗衣服是件

多么小的事情

当然

伤心就更不值一提了

再等一等

我吃了二两旧谷子

油菜花就要从脑壳上长出来了

屙的屎也充满少女的体香

农忙之前

植物们都要休息

老农民进城找了一个漂亮小姐

女儿被他别在腰间

美酒让人一无所获

美人找不准从良的时机

在15瓦的白炽灯下醉倒

她们的呕吐物只有三岁半

再等一等，就要

灌田了，插秧了，上吊了

再等一等

嫁妆也要送人了

消失是出于礼貌——给张小姐和浮砂

1

我们都是火车司机

在要不要飞行的问题上

起了争执

我一向反对正确

坚持自己的空虚

你说你想潜水

我说陆地不太干净

你说过来坐在我的身边

我假装没听见

就登上一列火车

我不是真正的乘客

忘了带

自己的那节车厢出门

它还在被你使用

它在做梦的时候流脓

2

我带了两本诗集到重庆

把新的地方当成敌人

我把匕首藏在胸中

让流氓无法下手

这里很热

和我的身体一样发烫

受着有政治和无政治的勾引

牙齿掉在地上

更乐意去揭发江水的偷情

而不是化掉

不管我站在哪里

陆地和水都在彼此的身上攀爬、交配

我不懂得取悦生活

也没有把脑袋伸进空调

它离死亡很近

我让它等一等再思考

重庆很闷

思考比

学习如何自杀更艰难

3

很多人都因为天气生病

那些治病的手术刀

在西餐厅排队切牛排

活着就是为了打发时间

张小姐在会展中心等我

这个如同大麻一样的城市

总是把女人之间的隐患

合理化和正常化

在彼此的心里居住、吸烟和研究哲学

想着不同的男人

爱情吃了几粒致幻药丸

躺在江面上

4

时隔一年

我在洋人街又见到苏不归

他送给我威尼斯面具

我真想把脸取下来

和面具放在一起

相比之下

美丽失去了一点人性

我们坐在江边

像两个淡蓝色的儿童

萎缩在风里

聊去年在西安的事

我们的伙伴

都从诗歌的上游冲到下游

给我们带来了一点失控

还有一点

从黄河冲到长江的疲劳

5

张小姐说我送给她的诗集

放在书架没有读

因为这是她另一时空

的创作

我和她仅仅是复制粘贴

两个女人在某些特质上进行

替换和调包

仍旧是原本的两个女人

可她并不知道

我对她仍旧保留了一个秘密

以此保护这唯一的差异性

我们坐上去贵阳的末班车

像两粒胶囊

装着人类缺点的基因

把从夜晚搜刮来的

星星的暗淡

变成自己的遗传学

6

我们的目的地是一座

杀马特之城

出产古惑仔和露宿街头的醉汉

城市从高空俯瞰我们

像一座村庄

我第一次见到浮砂

这是从我体内分离出来

未曾见过的那一个

我好像寻找到男性的自己

又并不拒绝

女性的身体

民谣歌手浮砂

被自己逼到北京

又被北京逼回贵阳

他睡在我和张小姐的脚下

如同睡在

两座模糊了性别的山下

7

火车司机

我用尽高超的失眠技巧

你也并未出现在这恍惚之中

你一定失职做了

别的旅行者

或者带走了我会睹物思人

的那节车厢

爱情把我们裁剪成两半

我做了努力的逃逸者

你利用自己的那半

把我俩都打倒

命运把我批判得什么也不是

上帝证明了我的不可爱

8

为了消失也好

为了三人行也好

我走在贵阳的青岩镇

什么也不想

把鞋子穿成多余的路

我的期限是天边的雨水

是写在脸上的干旱

我不愿承认的事实

真相令人难堪

青岩镇可以叫作凤凰、丽江

甚至可以换成任意一座

中国古镇的名字

只有桂花酒的醉意

是真的

离开的形状和腿部的线条

都是假的

9

天空的月亮

受着道德的赞颂

只有亵渎人性

才能获得自然界的修辞

我写了一句话

并未连成诗

我们发现

身上关于人的味道

怎么都洗不干净

只得亵渎人类最肤浅

的东西——爱情

坐在张小姐和浮砂的中间

我痛哭了一场

那么一瞬间

我觉得自己清高

可以背叛内心

10

我的真实想法

是在某个乡镇集市上中蛊

利用那里的少数内心来赎罪

我所寻找的最浅显的道理

不如路边卖的春药

对于爱情直接而暴力

我是个庸俗的女人

看着搭棚卖淫的女人

她们的肉体让我想哭

她们的自尊

跟我很像

回绝多余的给予

即使不爱

也要说一声谢谢

东门记

1

最好的时候，我们有酒喝

但舍不得，一口就把自己撂倒

不甘心醉得不省人事

而清醒的时候，又没机会

亲眼目睹：摇晃的街景

变得善良如初

最好的时候，我们有肉吃

即便落到食物链底端

被贬为植物，境遇

比不上一颗半路剃度的萝卜

月光中残留的兽性与目力

是没有藏好的把柄

最好的时候，盒子里还剩一支烟

它像逃避上瘾一样

逃避众人的觊觎

嘴唇贴着牙齿，牙齿咬着肺

肺上停着一只

白色的蝴蝶

最好的时候，恰逢一辆返程地铁

形如朝前运动的棺材

而人亦是在地底移动的死者

骨头、毛发、邪念都要回到最初

最初是城市受孕的地方

是东门出生的地方

也是为自己写下碑文的地方

2

我们的年龄从32岁到23岁不等

住在东门，结合了自我的徒劳

和他人的复杂，关节上

长满青苔，舌头上

尽是发不出声音的霉斑

175

我们经常梦游，而梦

又游回了梦中

贴着地面才承认自己

老大不小，皮肉已承受不住

昨日的难堪

32岁的L再也不玩摇滚了

30岁的D再也不画画了

25岁的Y再也不写文章了

24岁的W再也不唱昆曲了

23岁的我从一堆相似

的面孔中逃脱，又挂上

另一张陌生的愁容

辞职那天，我眼中还

亮着一盏白炽灯，比起夜晚

它显得有些胆小

我们聚在一起清扫天空

也扫走了眼角的一点微光

3

我们的内心潦倒，但比外表
看起来要略显高尚，出于礼貌
把口头禅改为"对不起"

对不起，我们没有家
没有固定的房东和收入
对不起，泡在福尔马林中
的海白菜，今夜的晚餐
可否典当给明日
对不起，街头的流浪汉
我们的优越感，仅是
穿戴稍微整洁，对不起
死去的理想，我们没钱来安葬

对不起，我们曾游向彼岸的虚幻
而虚幻之物，比我们还先溺亡

4

我们在某条马路边，坐成一排
无事可做，就把时间擦亮
摆在显眼的位置，与来往的人群
对比出他们的可爱

我们不谈
Y和L被父母阻止相爱的事
不谈我和D断了经济来源的事
也不谈W双亲过世的事

我们仅仅坐在东门的马路边
权衡一些便宜的事
小到用不着解决的事
冷到不需要取暖的事

5

为了相互认识

我们乘坐地铁2号线

336路公交，无证黑三轮

二手摩托车来到这里

为了相互同情

我们从乐手、画家、诗人

的失败中来到这里

承认自身懦弱，而拒绝补药

持有坏蛋的品质

也信奉仁慈的美德

我们同镜中花水中月一样

拥有相似的虚无，在秋天赶路

的叶子上留下过唇印

探讨悬崖峭壁，与椅子互换有无

我们来到这里，面对农田背靠工地

比粮食更自卑，比楼房更恐慌

我们的喜怒无常——

所到之处是所来之处的两倍

我们的言行相斥——

一边当穷人，一边

用物质摧毁物质

6

W的母亲去世前一晚
天矮得像是要把
即将出窍的灵魂，拦截在半空
我和她，坐在东门的某个商场里
灯光在下雪

从消毒液里捞起的沉痛
比之前干净了许多

她把脸放在明亮处
和光线一样，打得笔直
平静得好像已经消失
只记得，那晚
我与空气说了很多话

好比远处，行将就木之人
隔空朝我吹了一口寒气

天很冷却走不快，死亡很近

却逾越不了陡峭的血缘

7

东门的灯还亮着，身体里的灯

等着谁去熄灭

我无缘无故认识了我们

一不小心又从

我们之中回到了我

我的成熟，一枚硬币就能遮挡

我的崎岖，使触摸到的人歪歪扭扭

我未能完成的愿望，与远山

重合成一张纸，与近物

又分隔成两座桥

桥与桥之间，空着

横跨在我的小腹之上

我往返了许多趟

也未能怀孕

走过东门，爱情就成为
最不重要的东西

8

我时常想象，从侧面去
和某人艳遇，从旁边的门
进入到他的心
但我又害怕，想象中的人已经
快要找到我了

东门的男人女人之中
被想象的人，有多少要去赴约
有多少会被扼杀在想象中

我闭上眼睛，想象狭窄的街上
走动着的都是
自己的情人与情敌
他们手捧玻璃缸，喜欢谁

就把谁的脑袋装进去

我还想象过一个最好的时候
那时我们都不在场

空无一人
而用不着想象

9

最好的时候，我也许
并没有在我们之中
也没有喝酒、吃肉、抽烟、压马路
可能我只是一个人，在和
露珠玩耍，多哭一两次
就可以把它们模仿得很像

最好的时候与最坏的时候
都不是非记住不可
如果我在东门的
一个角落若有所思

只能说明，那是一个

无聊的时候

10

某天早上我想给

一个朋友打电话询问：

你还在写诗吗，还在使用姑娘们

给你留下的绝望吗，还在

刀片与血管

擦出的闪电里做春梦吗

但那是一个空号，一串数字

和一些疑问，变成标本

而没有形状，我在真空中

贴了寻物启事：寻找一段声音

和一个可以传播声音的介质

不是空气，不是水

不是铁，不是木头

也不是肉体

那声音不从耳朵经过

它只是抗拒风，紧紧地抓住

竖起的汗毛

11

市场上的水果优先于蔬菜

牛奶优先于鸡蛋，馒头优先于大米

我没有厨房

生吃与烹饪之间，野蛮与文明之间

突然多了难以消除的隔阂

我有作料而没有像样的炊具

我需要进食而没有胃口

五元钱一碗的面

有时候多有时候少

有时候没有放葱，有时

加了几颗油米花生

有时候就是这样：

我还没有吃完

时间就到了

12

只有四月知道

桃花等得有多么不耐烦

她迫不及待，把手从龙泉的山坡上

伸下来，把男人赶到自己的怀中

女人只有嫉妒的份儿

一时之间，聚集在东门上空的

情绪复杂，心思万千

但都被压在了花瓣之下

花瓣下还压了多少人的赌注

对于春天，一个深睡眠

一次期盼，已不足以赢得

岁月不经意的颤抖

幸福，因此抖落

到谁也不知道的地方

我从来没有去看过桃花

但我知道，去看桃花

的道路，穿了一条新裤子

去看桃花的人

比桃花还要幸福

13

总觉得天上

有很多人在骂我

喷出的唾沫跟星星一样多

我想还嘴的时候

就被溅了一身朦胧的光

我过得好不好

他们都看着

骂我是应该的

在很高的地方

有更高的声音在骂我

我仰头就知道

他们的失望比我多

我记不住过去

不知道他们几时上了天

我没什么出息

只想把自己收拾干净

也到云上去睡一睡

14

在D的家里，心里总是

美滋滋的

电视机是甜的

天花板是甜的

马桶是甜的

沙发是甜的

茶几是甜的

电风扇是甜的

床单是甜的

瓷砖是甜的

D的血是甜的，肉是甜的

胡茬是甜的

皮下脂肪是甜的

说话的声音也是甜的

我喜欢他用这样的声音

给我讲《隋唐演义》

中途他给自己打了一支胰岛素

我们都笑了

15

有人说唱歌

我们就唱歌

有人说发呆

我们就发呆

有人说骂人

我们就骂人

有人说悲伤

我们就悲伤

有人说发疯

我们就发疯

有人说失恋

我们就失恋

有人说他妈的

我们就说他妈的

那些人说的时候

脸上或多或少都有点无奈

但无一例外

都要找一件事来做

16

我在画室向T问好

她也向我问好

然后坐下开始画素描

白天她打扮成男人

做平面设计

晚上打扮成女人

在夜总会坐台

我给旁边的人说

想看她女人的样子

他让我自己观察

她的鼻子不美，嘴巴不美

眼睛不美，耳朵不美

但是拼凑在一起却很美

17

我在成渝立交居住的半年里

有个十字路口边

摆过四个灵堂

来来往往的人

踩得梧桐叶嘎吱作响

没有人摔过跤

我每次从那里经过

都想起守灵的人

打了一夜麻将

18

在东门没有什么好处
就是离一个
重庆来的女人要近点

火车直逼她丰饶的臀部
撬开美貌
在她身体里穿来穿去
我左等等，右等等
她总要带来
不太精致的东西

一大堆呕吐物里，有鱿鱼面
老妈蹄花，花生米，啤酒
还有好多叫不出名字来
它们随夜晚一起飘走
又飘回来落在脚尖

忽然觉得有些伤感

我们都喜欢这样

19

诗写到这里，就当作

知道了什么

这首诗很疲倦，有案底

自作多情，还可能被废弃

我等待一个不得不

开出花的时刻

一个大红大绿，花里胡哨

乱七八糟的时刻

双手插在衣服兜里

不会少说一句

也不会说得太多

20

你还没有醒鱼就醒了
水里有一块斑，从鱼的肚子上
脱落，又漂到买鱼人的脸上

你还没有醒就来买鱼了
鱼的一部分，和你的一部分
鱼在打毛衣，你在吐泡泡
你的一部分，和鱼的一部分
你在买鱼，鱼在买你

你在买鱼，我在做梦
你走了，我来买鱼
你走过的地方
都是一股鱼腥味

21

我写好遗书

不知道哪次会用上

所以

在使用前

要藏在一个

不容易被发现的地方

即便一不小心

有人读到它

也不会感到害怕

而仅仅觉得

这是一个诗人

遗落的草稿

22

这一天

我把房间打扫干净

被子理好

窗户打开通风

洗了衣服

做了一顿最好吃的饭

饭后主动刷碗

没有出门也化了妆

给朋友打电话轻声细语

删除了电脑里多余的东西

23

表演型人格活动了很久

可是没有人骂它

作为整体它从未失误过

作为局部要有多滑稽就能有多滑稽

它把嘴巴撕烂，手上拴了红绳辟邪

腿上安了假肢，头发掉了一把

肚脐眼上打了一个银子做的环

体毛被激光烧没，毛孔塞满隔离霜

一般情况下这些局部都

十分懒惰，等天气暖和起来

才肯把身上的皮褪下来

交到观众手里

春天来了

东门的观众都去了西门

24

从福尔马林里泡过出来

我还是二十四岁

一个人

为什么还不老

脸为什么还不塌陷

胸部为什么还不下垂

我等待

老得接近二十五岁

的这一刻

有多少时间流逝

就有多少事物

可以不用去关心

图书在版编目（CIP）数据

我为诱饵 / 余幼幼著. — 2版. — 成都：四川文
艺出版社，2019.4
　ISBN 978-7-5411-5300-6

　Ⅰ.①我… Ⅱ.①余… Ⅲ.①诗集－中国－当代
Ⅳ.①I227

中国版本图书馆CIP数据核字（2019）第041984号

WOWEI YOUER

我为诱饵

余幼幼　著

责任编辑	彭　炜　奉学勤
封面设计	鸿儒文轩·书心瞬意
内文设计	史小燕
责任校对	汪　平

出版发行	四川文艺出版社（成都市槐树街2号）
网　　址	www.scwys.com
电　　话	028-86259285（发行部）　028-86259303（编辑部）
传　　真	028-86259306

邮购地址	成都市槐树街2号四川文艺出版社邮购部　610031
印　　刷	三河市华东印刷有限公司
成品尺寸	142mm×210mm　　　开　本　32开
印　　张	6.75　　　　　　　　字　数　140千
版　　次	2019年4月第二版　　印　次　2021年4月第三次印刷
书　　号	ISBN 978-7-5411-5300-6
定　　价	45.00元